piel de serpiente pedro usabiaga

En el trayecto de la luz

Quizá esta tarde rompa el maleficio de mi pasividad. El largo encadenamiento a una mirada que me ignora.

Recorres mi rostro bajo una luz de nieve pero tus ojos se ocultan en el misterio de los espejos.

Espero, como otras veces, tendido sobre las arrugas buscadas del lienzo, apenas soy un contorno de sombras al vacío.

Sé que mi cuerpo es tu espacio pero ¿cuándo el brillo de los labios o las líneas de la frente -mis treinta y cinco años- serán llamados a tus dedos fríos?. En la quietud estéril del estudio obedezco huérfano a tus manos o al aire de una voz sin fuego...

... Y aunque descubras la piel de mis rodillas o sumerjas la luz hasta el cauce de la arteria ¿qué me devuelve tu mirada sino es el resplandor opaco de la mía?

Mi rostro fue tu vocación, sobre un muro blanco al mediodía, desde entonces siempre enajenado en extraña belleza sin memoria.

Fuiste dejando el tiempo sobre la piel en brumas y, sin embargo, tan fríamente desnuda como los páramos al amanecer. Una historia seguir ya el caudal de las imágenes, por remotos lugares esparcidas, ver en ellas el relieve abandonado de una mano o los temblores oscuros del cuello o la sonrisa quebrada al infinito. Pero en esta historia leo nuestras vidas, tan separadas como el papel de la pluma.

Esta tarde, venceré al destino.

Porque mis ojos no fueron nunca apresados, ni sus facetas testimonio de los tuyos, aventuro un pacto con la luz intensa del océano... Desde el otro lado del mundo entraré en tu mirada, hasta el tuétano del alma, donde cobijas la emoción que reservas a los planos grises del día y la noche.

Trastocada la armonía, la mirada registró un mensaje sobre el silencio blanco, un viejo haikú de la amistad:

    amigo
    en cinco señales
    y un grito
    está mi vida

Y porque no hay espesor que no rompa la luz y no abra el poema, aquella fue la última sesión.

El modelo y el fotógrafo estaban atrapados para siempre.

Yo guardo una instantánea: el río oscuro de unos ojos sobre el mar que nunca vuelve.

José Bolado

Dans le parcours de la lumière

Peut-être cette après-midi cesserai-je le maléfice de ma passivité, le long enchaînement à un regard qui m'ignore.

Tu parcours mon visage sous une lumière de neige, mais tes yeus se cachent dans le mystère des miroirs.

J'espère, comme autres fois, couché sur les rides cherchées de la toile, à peine suis-je un contour d'ombres dans le vide.

Je sais que mon corps est ton espace, mais quand l'éclat des lèvres ou les traces de mon front (de mes trente cinq ans) seront-ils appelés par tes doigts si frais?. Dans la quiétude stérile du studio, j'obéis comme un orphelin à tes mains ou à l'air d'une voix sans flamme.

Et même si tu dévoiles la peau de mes genoux, ou même si tu plonges la lumière jusqu'au début de l'artère, qu'est-ce que ton regard me rend si ce n'est que le resplendissement mélancolique du mien?

Mon visage fut ta vocation, sur un mur blanc à midi, depuis lors, il a été toujours enivré dans une beauté étrange, sans mémoire.

Laisser le temps sur la peau brumeuse, tellement nue cependant, comme des vastes étendues désertiques à l'aube.

Une histoire: continuer avec l'abondance d'images éparpillées dans des endroits lointains, voir en elles le relief abandonné d'une main ou les frissons sombres de cou ou le sourire brisé dans l'infini. Mais dans cette histoire le lis nos vies, aussi séparées que le papier de la plume.

Ce soir, je vaincrai le destin.

Parce que mes yeux ne furent jamais saisis, ni leurs aspects témoin des tiens, j'hasarde un accord avec l'íntense lumière de l'océan. De l'autre côté du monde, je percerai ton regard jusqu'à l'abîme de l'âme où tu couves l'émotion que tu réserves aux plans gris du jour et de la nuit.

Une fois l'harmonie bouleversée, le regard registra un message sur le silence, un vieux "haiku" (traité) de l'amitié:

ami

dans cinq signes

et dans un cri

se trouve ma vie

Et parce qu'il n'y a pas de profondeur qui puisse briser la lumière et ouvrir le poème, celle là fut la dernière session.

Le modèle et le photographe étaient attrapés pour toujours.

Je garde une photographie: la rivière sombre des yeus sur la mer que jamais ne remonte.

In the path of light

Perhaps the afternoon will undo the malefice of my passivity.
This lengthy bondage to a gaze that ignores me.
   You search my face under a light of snow but your eyes are hidden beneath the mystery of mirrors.
I await, like other times, spread upon the creases I have sought out over the canvas. I am but the outline of shadows against emptiness.
I know your space is in my body, but when shall the lips' brigthness or the forehead's lines -my thirty five years- be summoned to the coldness of your fingers?. In the barren quietude of study I obey your hands, an orphan, or the air of a voice devoid of fire...
   ... And though you turn back the skin on my knees or sink the light to the artery's channel, what does your gaze return to me if not the lifeless glitter of my own?
My face was your vocation, upon a white wall at midday, and has ever since been maddened by a strange beauty without memory.
You deposited time upon the mist-shrouded skin, and still it was as cold and naked as the moors at dawn. A whole history, to follow the flow of images, strewn over remote recesses, to see in them the abandoned outline of a hand or the neck's dark tremors or a smile ruptured into infinity. But in this history I read the story of our lives, as distant from each other as the paper from the pen.
This afternoon, I shall defeat fate.
Because my eyes were never captive, nor their features a witness of yours, I venture a truce with the ocean's searching light...
From the other side of the world I shall enter your gaze, to the soul's very core, where you have harboured that emotion you preserve for the grey surfaces of night and day.
All harmony in disarray, the gaze recorded upon the white silence an ancient haiku of frienship:

   Friend
   my life
   is five signals
   and a cry

And because there is no depth that cannot break the light and open up the poem, that became the last session.
The photographer and the model were trapped for evermore.
I keep a snapshot: the dark river of two eyes upon a sea that never shall return.

Porque el hombre y la bestia tienen la misma suerte: muere el uno como la otra, y ambos tienen el mismo aliento de vida.
En nada aventaja el hombre a la bestia, pues todo es vanidad.

Eclesiastes, 3,19.

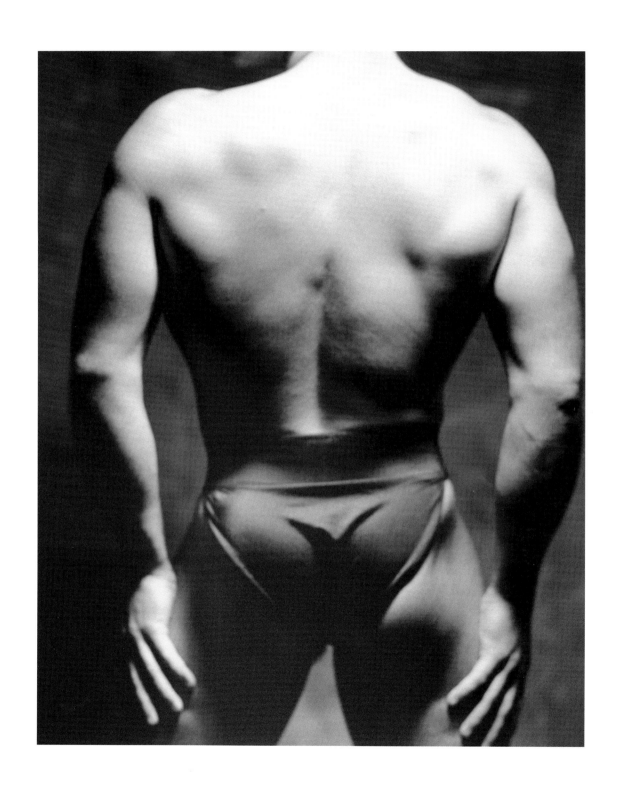

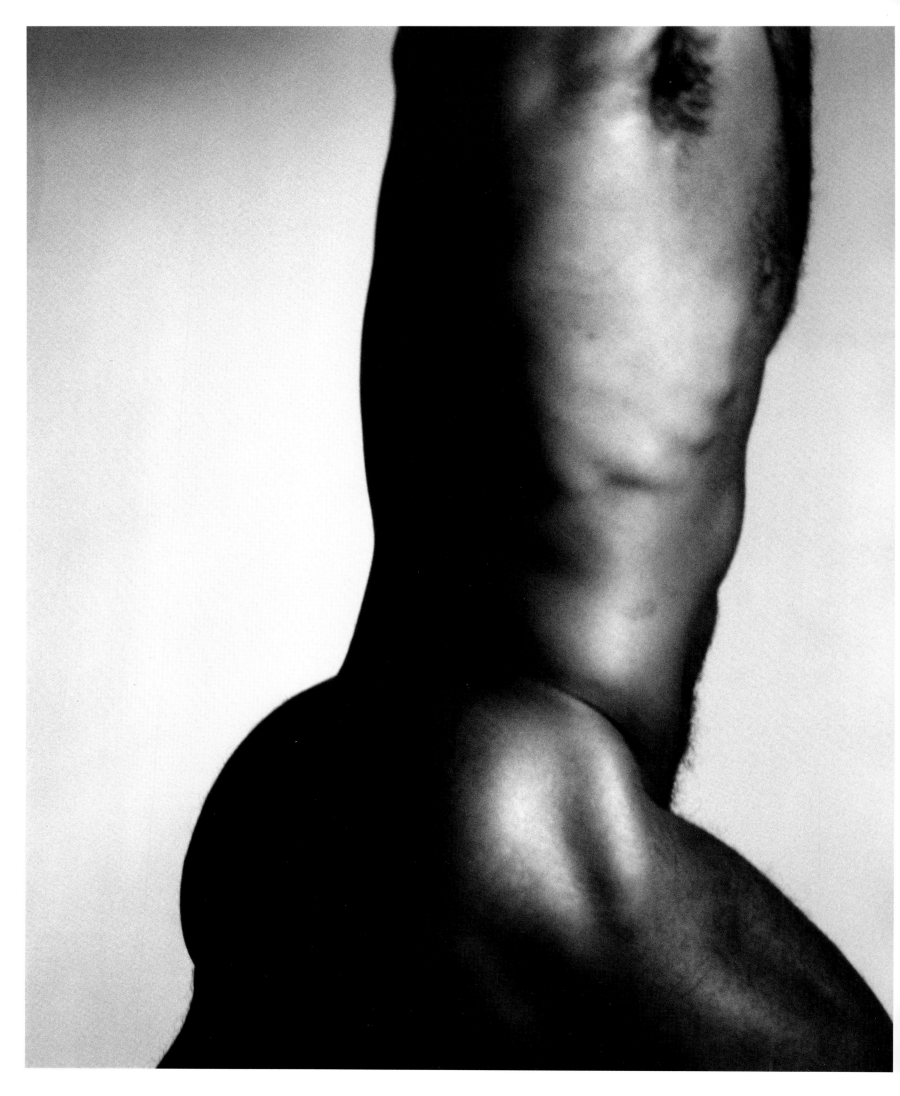

"Mi vida fue la de alguien que inspira a los demás
y despues se olvida.
Mientras yo permanecía en la sombra, otros recogían
los besos de la gloria ..."

Cyrano de Bergerac

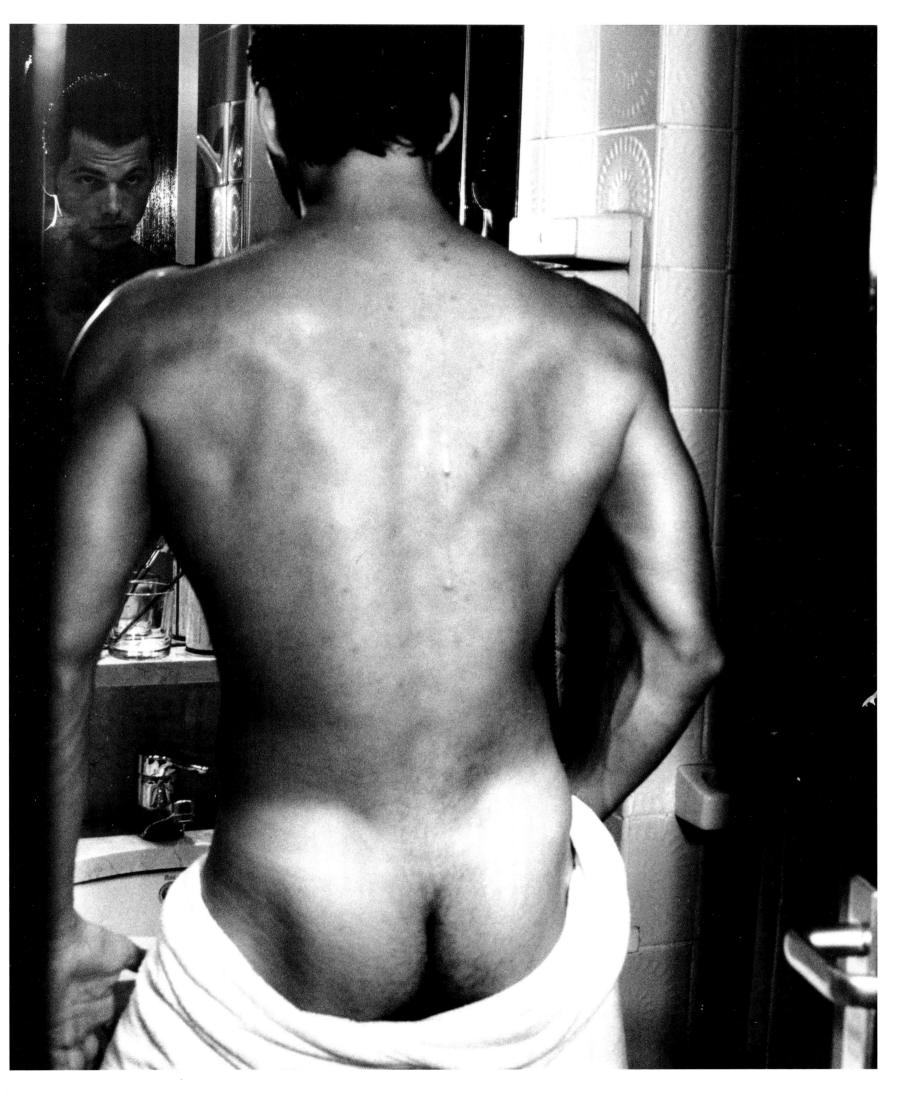

Una piel oculta otra, como debajo de un cuerpo se abraza a otro y un sueño de adolescente se desvanece, tras la luz de la mañana.

Siempre hay una piel, piel de serpiente, que huye cuando quieres poseerla. Recuerdo la de Nicolas Cage en "Corazón Salvage" ó las de Marlon Brando en la Obra de Tennessee Williams: "Piel de Serpiente".

Una piel que guarda el aroma de una noche de amor desesperada, la rosa de dolor tatuada sobre la piel de un hombre que evoca historias de Tequila y Mariachis. La sombra del sol en una habitación vacía y esa palabra asesina que aleja para siempre: ¡Adiós!.

Bajo el signo de la duda hay una serpiente que se acerca a un cuerpo desnudo y estrangula con su fuerza los recuerdos de una historia.

Una canción de Charles Trenet, la luz de fuego una tarde en Key West, flashes del pasado,... poblados de imágenes sin voz.

La humedad de la serpiente, su fuerza, te pueden, te transportan a un delirio del que no puedes regresar, ni quieres.
La frase de Vivien Leight en "Un tranvía llamado deseo" cuando dice:
_ ¿Qué significa recto?
Recta puede ser una línea ó una calle pero ¿recto el corazón humano?
¡Oh! ¡no! el corazón humano es sinuoso, como un camino de montaña...

¡Malditos recuerdos! ¿Cómo olvidar la arena de una playa en Portugal, los ojos de Matt Dillon, atrapados en la pecera de "Rumble Fish", las pinturas de Edward Hopper, las tardes de lluvia sentado frente al mar de mis veranos, ó la habitación del Hotel Normandy, donde nació este libro?.
Es demasiado tarde!

Mientras tanto, la serpiente de la vida, enroscada en tu vientre, silenciosa, te ahoga lentamente.
Apenas puedes respirar, y sin embargo el placer te lleva hasta el umbral de la locura, límite del amor y del extásis.

Pedro Usabiaga.
Cannes, 1994.

Los modelos:

Enrique Lopez
Jesus Caro
Corland
Stewart Marriot
Charles Andrews
Esteban Fraile
Ludovic
Spiros
Andrew
Brett
Victor Noriega (Garibaldi)
Oscar Sanchez
James y Fernando
Jesus
Igor
Billy y Jose
Anthony
Wayman
Maxwell
Chris Lietto
Javier
Roberto
Nicki Zintilis
Jayson Milton
Bryan Buzzini
Javier de Medinacelli
Jeff
Los Guardaespaldas (Dany, Eric, Alex)
Lugui
Gustavo Orloff
Michael G. Lowe
Steve Lyon
Ivan Sanchez
Marc Islar
Doyle
Christian Burfaljc
Rodney
Marcus Schenkenberg
Alejandro celis
Jorgen
Michael Morales
Apolos do Brasil

Los que han hecho posible el libro

Maria Luisa Beloqui, Asis Odriozola, Pepa Fuster (Ag. Jetset), Rocio (Ag. Maroe), Leandro (Ag. Atlantic Models), Ag. Ely Anduiza, Jayson (Ag. Boss N.Y.), Paco Diaz, Fernando Maillo, Cesar del Olmo, Kezia Santos, Fernando Torrent, Lucca, Manuel Fernandez (El Gabinete), Daniel Medvene (Downtown), Jose Luis Gil, Anthony David Tuil, Jorge Alvarez, Nikos, Manolo Batista, Manuel de Gotor, Pilar (Copifoto), Chelo Toribio, Françoise Paoli, Mario J. García, Maria Jose Aranzasti...
Y a Tenesse Williams en cuyo mundo esta inspirado este trabajo.

STAFF

Fotografías, Concepción, Diseño y Textos Adicionales
PEDRO USABIAGA

Producción
MARISA USABIAGA

Prólogo
JOSE BOLADO

Traducción Texto Francés
MARI JOSE ARANZASTI

Traducción Texto Ingles
ROGER WOLF

Diseño Letras
JOSE ALFONSO GOMEZ

Dirección Casting:
FERNANDO MERINO (AG. NEW GROUP)
EDUARDO SAYAS (AG. FRANCINA P.H. ONE)

Fotomécanica e impresión:
COMUNICACION GRAFICA OTZARRETA - ZARAUTZ

Editorial:
EDITUSA, S.L.
Pº de Arbola, 9 - 1º • 20013 San Sebastián (España)
Tfno. (34-43) 27.19.85 • Fax: (34-43) 32.19.90
© Pedro Usabiaga, Madrid
© EDITUSA, S.L., San Sebastián
ISBN 84-605-2774-3
Depósito Legal: SS - 471/95

Piel de serpiente tiene una primera edición de 5000 ejemplares. Queda prohibida la reproducción total o parcial de las fotografías y textos de este libro, aún citando su procedencia, sin autorización expresa y por escrito de su editor.